ZUN

A ESCADA

degrau a degrau

Gabriel Perissé

consulto a agenda
não há previsão
no meu calendário
não há previsão
por todas as partes
navego e não vejo
não tenho ideia
do tempo que falta
do dia e da hora
não há previsão
não há mais plateia
procuro no mapa
no mapa não há
se ontem não foi
talvez amanhã
mas sem previsão
não tenho sinal
tampouco promessa
não há mais conversa

                    não há previsão
                        degrau a degrau
                    degrau a degrau
                desço sem pressa
                    degrau a degrau
                        degrau a degrau
                            degrau a degrau
                                dentro de mim
                            degrau a degrau
                        degrau a degrau
                    degrau a degrau
                degrau a degrau
            degrau a degrau
        desço sem pressa
            degrau a degrau
                dentro de mim
                    degrau a degrau
                            no início é assim
                    degrau a degrau
                degrau a degrau
            ainda mais fundo
        dentro de mim
            degrau a degrau
                degrau a degrau
                    desço sem pressa
                        escada abissal
                            dentro de mim
                        degrau a degrau
                    degrau a degrau
                além do meu fim
                    degrau a degrau
                        palavras emergem
                do fundo mais fundo
            flutuam depois
        na mente desperta
    se mexem e voam

insetos verbais
mesa cadeira
tijolo parede
cristais lataria
cartório mercado
nuvens caixotes
dentro de mim
dentro de nós
um dicionário
particular
foi se formando
pouco a pouco
ao longo da vida
eis o glossário
que nos define
o vocabulário
no qual pelo qual
olhamos o mundo
cinema automóvel
jardim telefone
varanda capela
trator bisturi
cabelo torneira
pinguela papel
um monte de coisas
e seus endereços
além dos conceitos
e das emoções
náusea revolta
perigo alegria
acordo inclusão
crise consenso
apego saudade
mas no último dia
os nossos verbetes
tornam-se alados

                        voam dispersos
                            falou está falado
                        lugares-comuns
                    piadas sem graça
                discursos palestras
            os pingos nos is
        na ponta da língua
os meus desabafos
    e confidências
            toda gramática
                que temos e somos
                        se expande no ar
                    teia de aranha
                desfeita em segundos
    um sopro uma brisa
um nada suave
        repouso remanso
                ruído não há
                degrau a degrau
            degrau a degrau
        degrau a degrau
desço mais rápido
        degrau a degrau
            degrau a degrau
                degrau a degrau
                    degrau a degrau
                        parece que ouço
                    galope selvagem
                cavalo de vento
            que leva a pessoa
        no túnel inclinado
parece que estou
        num trem monstruoso
            de um só passageiro
                voando latente
                    por dentro da terra

parece um sonho
talvez pesadelo
que envia mensagens
e nada entendemos
o fato porém
é mais que evidente
estou na escada
na escada que a todos
um dia se impõe
degrau a degrau
degrau a degrau
degrau a degrau
degrau a degrau
dentro de mim
desço mais cedo
do que eu gostaria
mas esta é a hora
embora pensemos
que nunca é tarde
para a descida
e sempre adiemos
o frio minuto
sempre queiramos
prazos e atrasos
sempre aleguemos
que não nos convém
e sempre e sempre
digamos que nunca
se deu um aviso
que nada na agenda
foi anotado
que no calendário
faltou uma folha
que adiar esse dia
é o mais adequado
e sempre tentemos

driblar a escada
vestindo disfarces
tomando placebos
criando pretextos
contudo uma noite
talvez madrugada
ou plena manhã
um pulo e a escada
deserta e silente
se abre assim
no seu zigue-zague
serpente esganada
que nos espreitava
e engole a pessoa
e não pestaneja
e a leva à força
ou com mansidão
e essa viagem
degrau a degrau
sempre se dá
tenhamos ou não
o passaporte
na palma da mão
essa viagem
sem volta sem chão
sem previsão
chama-se morte
e a todos convoca
a todos recolhe
ninguém para sempre
será esquecido
na fila de espera
degrau a degrau
desço apressado
desço mais fundo
dentro de mim

degrau a degrau
degrau a degrau
enxergo agora
com outra visão
parece que acordo
de um sono agitado
e luzes barulhos
entrando direto
por várias janelas
nenhuma cortina
meus olhos são outros
sem trave sem trava
sou todo retina
sensível a tudo
quem sou quem serei
impacto assombro
espelho intocado
em que me contemplo
por todos os ângulos
o mesmo de sempre
sou outro no entanto
sou novo e antigo
em estado de choque
me olho nos olhos
será emboscada?
é só a escada
degrau a degrau
degrau a degrau
degrau a degrau
degrau a degrau
degrau a degrau
vejo em mim
algo que eu
nunca aceitei
algo que eu
sou e não sou

algo que eu
sei e não sei
algo que eu
sempre encobri
sempre neguei
nunca entendi
rostos estranhos
ruas e prédios
esquinas e pontes
golpes e sustos
gestos secretos
medos e culpas
praças imensas
terrenos baldios
praias profundas
desertos constantes
montanhas e mares
conversas diversas
pratos comidas
de outras cozinhas
ares sotaques
de outros países
corpos sem cor
cores sem forma
formas sem luz
sombras e cheiros
olhos e bocas
ombros e pés
braços e orelhas
peitos e pernas
carinho e horror
e eu fui descendo
degrau a degrau
degrau a degrau
degrau a degrau
desço redesço

degrau a degrau
degrau a degrau
degrau a degrau
dentro de mim
degrau a degrau
degrau a degrau
degrau a degrau
e em cada degrau
por bem ou por mal
percebo que existe
um tanto de angústia
um tanto de paz
um tanto de raiva
um tanto de amor
um tanto de tudo
que todo humano
demasiado humano
mistura e carrega
esconde e expele
anseia boicota
cultiva esquece
degrau a degrau
degrau a degrau
degrau a degrau
degrau a degrau
degrau a degrau
degrau a degrau
e cada degrau
nunca é igual
em cada um deles
um lado de mim
surge e se integra
montando o mosaico
composto de peças
as mais variadas
peças prosaicas

ou com poesia
peças de vidro
de esmalte de pedra
de plástico até
peças impostas
por vários contextos
e situações
por atavismos
e temperamento
por influências
inevitáveis
e peças também
que eu mesmo escolhi
por vezes com acerto
por vezes simplório
e este mosaico
eu levo comigo
não tem outro jeito
mas algo me diz
que estou por um triz
que tudo se encontra
sujeito a mudar
sou e não sou
degrau a degrau
degrau a degrau
degrau a degrau
degrau a degrau
e tudo o que faço
sem força ou cansaço
é sempre descer
não disse cair
eu disse descer
descer como quem
sem outra opção
descobre surpreso
que um dia foi preso

e agora encontrou
a real liberdade
descendo descendo
degrau a degrau
compreendo constato
que este descer
de fato é subir
degrau a degrau
descer é deixar
de ser o que fui
mas algo virá
se revelará
nesta subida
em certo degrau
dessa escada
restrita estreita
acho acredito
que vou descobrir
quem sou de onde vim
e para onde vou
degrau a degrau
degrau a degrau
descendo descendo
subindo subindo
descendo descendo
subindo subindo
descendo descendo
subindo subindo
degrau a degrau
degrau a degrau
degrau a descer
dentro de mim
degrau a subir
dentro de mim
e a cada instante
tomo ciência

que tempo não há
espaço tampouco
que tudo o que é
é escada e degraus
que eu e você
descendo subimos
morrendo sabemos
que o último passo
é vida que insiste
mas não adianta
brigar com quem nega
a escada eterna
gastar a saliva
com tais discussões
inútil provar
aquilo que até
quem pensa ter fé
duvida também
portanto o melhor
é prosseguir
dia após dia
e assim de repente
virando uma página
guardando uma roupa
curtindo a postagem
correndo na praia
dobrando uma esquina
ou no elevador
lotado do prédio
seja no emprego
seja um domingo
um dia qualquer
sem nada a fazer
lá está imprevisto
o dia da escada
o meu já chegou

degrau a degrau
degrau a degrau
degrau a degrau
na escada me encontro
degrau a degrau
degrau a degrau
degrau a degrau
degrau a degrau
degrau a degrau
desço redesço
degrau a degrau
degrau a degrau
degrau a degrau
pois bem fui descendo
subindo em mim
e vou descobrindo
que outras escadas
centenas milhares
havia ao meu lado
e em cada uma delas
um ser diferente
descendo também
subindo igualmente
e então procurei
no meio de tantos
com igual destino
alguém que pudesse
dizer-me talvez
se aquela cadência
se aquela ascensão
fazia sentido
levasse enfim
a outro lugar
(morada etérea?)
(longínquo planeta?)
ou seria apenas

maldita herança
declive insano
tortura geral
a todos devida
degrau a degrau
vingança da vida
efeito severo
do grande absurdo
o poço sem fundo
deste calabouço
que chamam de mundo
o fim sem final
degrau a degrau
degrau a degrau
degrau a degrau
a queda fatal
degrau a degrau
degrau a degrau
degrau a degrau
e então vislumbrei
degrau a degrau
não muito distante
um rosto sofrido
que eu fiz padecer
o rosto do pai
cujo desgosto
durante dez anos
fui eu que gerei
"meu pai!" eu gritei
e ele me viu
lançou breve aceno
estava sereno
até me sorriu
e lhe perguntei
"meu pai por favor
me diga me explique

o que é isto aqui
aonde iremos
por que os degraus
e por que subimos
enquanto descemos?"
e sem se deter
degrau a degrau
meu pai respondeu
"meu filho observe
o que lhe acontece
o quanto você
a cada degrau
em vez de perder
aprende a ganhar
em vez de sumir
se torna maior
em vez de ocultar
revela-se mais
em vez de mentir
sua língua desata
em vez de enganar
respira melhor
descubra e analise
que sua escada
é sua existência
sua própria história
e experiência
degrau a degrau
esta é a resposta
às suas perguntas
e mais eu não digo
apenas repito
em meu coração
aquela palavra
que eu lhe falei
e você ouviu

no último encontro
que nós tivemos
espero que agora
ressoe de novo
em sua memória"
e então se calou
sorriu acenou
e foi se afastando
degrau a degrau
degrau a degrau
degrau a degrau
degrau a degrau
degrau a degrau
meu pai foi embora
degrau a degrau
degrau a degrau
degrau a degrau
e então ressoou
dentro de mim
aquela palavra
que ele me disse
na última hora
o seu "obrigado"
por tudo por nada
sinal de que a vida
em seu desfecho
não é só desgraça
perdão é uma fonte
de água vivente
é sempre uma chance
que o amor paternal
reserva ao seu filho
degrau a degrau
degrau a degrau
degrau a degrau
degrau a degrau

ainda tentei
    seguir com o olhar
        a escada em que ele
            continuava descendo
                mas foi impossível
            pois ao meu redor
        dezenas de escadas
      ergueram um muro
    querendo que eu
me acercasse
    de outras pessoas
        e as inquirisse
           degrau a degrau
                degrau a degrau
                    degraus incontáveis
            degrau a degrau
        degrau a degrau
        degrau a degrau
    degrau a degrau
e fui procurando
    com fome inquieta
        alguém que matasse
            a dor da incerteza
                e em outra escada
            uma outra pessoa
        agora era ele
    um velho amigo
senhor dos seus passos
    alguém que invejei
        por sua ousadia
            por seus movimentos
                gritei "meu amigo!"
                e ele me disse
                    "olá como vai?"
                e eu lhe indaguei
            "me explique amigo

o aqui e o agora
me diga a razão
por que a escada
que desce nos leva
a um ponto mais alto
e aonde depois
nós dois chegaremos
e se essa jornada
é ficcional
ou puro capricho
de um deus desvairado
responda meu caro
sem papas na língua
me diga o que pensa
divida comigo"
e ele quieto
nada me disse
de cara amarrada
absorto na escada
degrau a degrau
degrau a degrau
mas eu entendi
por sua atitude
que ele mesmo
nada sabia
que estava ali
contra a vontade
e a minha presença
jamais poderia
ser relevante
em sua pesquisa
e mais uma vez
o amigo partiu
com seus *insights*
e grandes conquistas
degrau a degrau

         degrau a degrau
       degrau a degrau
      degrau a degrau
     degrau a degrau
    degrau a degrau
e eu vou sozinho
    degrau a degrau
     degrau a degrau
      degrau a degrau
       degrau a degrau
         o tempo não passa
          espaço não há
         e tudo se faz
        presente e total
       degrau a degrau
     de súbito vejo
       acima de mim
         uma outra escada
           por ela quem desce
            criou vigorosa
           de noite e de dia
          poemas recontos
         com luas e pássaros
        relógios viagens
     em bairros antigos
na casa plural
     degrau a degrau
       ela portanto
         decerto sabia
           e a mim contaria
          onde estaremos
            no além desse além
             "amada" eu falei
            "é mesmo você
         descendo subindo
       na longa escada

                        é mesmo você
            a quem eu amei
                de quem lembrarei
                    os olhos os sonhos
                        os choros os risos
                            os gestos os gostos
                                as flores as festas?"
                                    "sim" respondeu
                                    "sou eu você sabe"
                        e ela me fez
                        amar reamar
                        degrau a degrau
            e então lhe pedi
"me conte me indique
    o modo o atalho
        a trilha a brecha
            a forma ideal
                        degrau a degrau
                            o jeito de ir
                                de ir não sei onde
                            me diga me aponte
                        o nosso futuro
                se é que aqui
            existe futuro"
e ela em silêncio
            degrau a degrau
                degrau a degrau
                    degrau a degrau
                        degrau a degrau
                "me diga amada
                lhe peço me conte
            o rumo o roteiro
        a senda o horizonte
    a estrada que leva
        ao mundo onde os frutos
            jamais apodrecem

me diga revele
pois esta é a sorte
que eu busco na escada
embora suspeite
da grota nefasta
das trevas famintas
e mesmo talvez
(a pior das hipóteses)
do descer sem fim
degrau a degrau
degrau a degrau
um só desespero
em tudo e em todos"
e ela em silêncio
e eu mais aflito
até que escutei
sua resposta
em forma de história
que assim começava
"pois era uma vez
no tempo em que todos
viviam infelizes
cercados de ódio
violência desastres
nasceu uma menina
miúda doente
e a sua família
achou que a criança
em poucas semanas
viria a morrer
porém ao contrário
do que se esperava
a sobrevivente
venceu o infortúnio
que todos temiam
tornou-se artista

cantava a existência
com traços e cores
palavras e imagens
e seus personagens
saíam dançando
em telas e palcos
tocavam piano
deitavam nas nuvens
bebiam o oceano
colhiam estrelas
criavam chapéus
sapatos brinquedos
erguiam cidades
em outros sistemas
enfim era essa
a sua maneira
de ver e viver
até que um dia
a artista inventou
um jeito de entrar
no quadro que ela
estava pintando
sumiu de repente
e dizem até hoje
que os olhos daquele
seu autorretrato
emitem uma luz
e tudo ao redor
recebe contornos
de um mundo melhor"
mas antes que eu
algo dissesse
a amada na escada
desceu velozmente
deixou-me no ar
e a história apenas

degrau a degrau
degrau a degrau
e eu recordando
tentando entender
que o que inventamos
é sempre verdade
que o nome talvez
daquela criança
pequena enferma
fosse Esperança
e que estar no mundo
e em outras esferas
requer das pessoas
não só o desejo
não só teoremas
requer mãos ativas
requer corpo inteiro
entregue à tarefa
de sobreviver
bem mais do que isso
viver conviver
viver transviver
degrau a degrau
degrau a degrau
subir e descer
degrau a degrau
degrau a degrau
degrau a degrau
degrau a degrau
descer e subir
degrau a degrau
degrau a degrau
degrau a degrau
degrau a degrau
mais um encontro
ainda ocorreu

no meu redescer
que é ressubir
eu nem mais lembrava
mas nada será
aqui esquecido
uma outra escada
surgiu-me à frente
escada esquisita
degraus obscuros
e nela um ser
com braços de polvo
olhou-me perplexo
tentou me abraçar
e não conseguiu
estávamos perto
mas longe o bastante
e sem que eu fizesse
pergunta qualquer
o ser octópode
a mim dirigiu
este sermão
"escute criatura
eu sei que você
se lembra de mim
durante um período
eu fui seu mentor
e fiz de você
um dos meus braços
usei o seu tempo
dobrei sua razão
andei com seu corpo
menti com sua língua
mas num belo dia
você se soltou
fugiu da redoma
perdeu-se no mundo

                    trocou de sapatos
               seus livros lançou
        mudou de cidade
               refez e desfez
                      porém mesmo assim
                 um pouco de mim
         ficou em você
volte depressa
        estou à espera
                bons filhos à casa
                        sempre retornam
                               deixe sua escada
                                       venha comigo
                                                e desçamos juntos
                                        no abraço final
                                deixe sua escada
                                venha comigo
                                e desçamos juntos
                                no abraço final
                        degrau a degrau"
                um gosto de fel
        senti na minha boca
        memórias dantescas
rangeram meus dentes
        a minha consciência
                gemeu como antes
                        um fogo gelado
                                cortou-me a espinha
                                        o ser me encarando
                                                com mágoa com raiva
                                        que mal disfarçava
                                em doce discurso
                        e eu respondi
                sem medo de errar
                        "figura monstruosa
                                por que não desiste
                        de suas manobras
                por que continua
        ainda que morta
querendo ampliar

seus torpes poderes?
possuir outros corpos
com esses tentáculos?
gusano insaciável
de fato uma vez
eu fui sua presa
deixei-me sugar
e fui conivente
com seus projetos
parasitários
pois hoje entendo
que o seduzido
concorda em parte
com a sedução
semelhante àquela
estranha atitude
a tal servidão
que La Boétie
mostrou voluntária
também aprendi
que todas as seitas
jamais aceitam
que seitas são
de modo que o tolo
membro se torna
do polvo voraz
achando que este
é mestre doutor
santo profeta
pai protetor
no entanto a verdade
é toda ao contrário
o mestre humilha
o doutor confunde
o santo sufoca
o profeta engana

o pai violenta
o protetor mata
e mais uma coisa
preciso dizer
em alto e bom som
se algo de sua
infame influência
persiste ativa
dentro de mim
chegou a hora
da ruptura
absoluta
recue maldito
engula o veneno
que ainda circula
em minhas veias
que seus oito braços
caiam em pedaços
degrau a degrau
degrau a degrau
que suas palavras
cheias de engodo
o vento as transforme
em mera poeira
que sua doutrina
seja lançada
na grande latrina
que suas mentiras
afundem se afoguem
no eterno esgoto
largue meus pés
vá para trás
saia da frente
suma de vez"
o polvo demente
ele e sua escada

                        se evaporaram
                    degrau a degrau
                e então eu ouvi
um forte suspiro
        o último sopro
                do próprio polvo
                    ainda metido
                            em meu coração
                                degrau a degrau
                            degrau a degrau
                        degrau a degrau
                    degrau a degrau
                degrau a degrau
descer é voar
            degrau a degrau
                degrau a degrau
                    milhares milhões
                            de outras escadas
                    eu vi depois disso
                milhões bilhões
        de seres descendo
subindo de fato
    talvez para o limbo
        ou o tal paraíso
                quem sabe o inferno
            quiçá o purgatório
    o Nada talvez
degrau a degrau
    degrau a degrau
        degrau a degrau
            degrau a degrau
                degrau a degrau
                        além do além
                    degrau a degrau
                degrau a degrau
            degrau a degrau

                degrau a degrau
desço redesço
         degrau a degrau
                degrau a degrau
                       olhando o fundo
                              eu via o mais alto
                                     descendo em mim
                                            mais claros ficavam
                                     e densos também
                              os meus pensamentos
                       deixando de ser
                eu deparava
com o que deveria
ter sempre sido
         e tal descoberta
                amarga e amável
                       mostrava em mim
                              um novo sujeito
                                     tanto me faz
                              se errado ou perfeito
                       a reconhecer
                degrau a degrau
         degrau a degrau
a reconstruir
         degrau a degrau
                lembranças perdidas
                       de novo atuais
                encontros leituras
frementes de novo
amigos paixões
         e as frustrações
                danças mudanças
                       fracassos venturas
                              paisagens viagens
                                     viáveis de novo
                       dores prazeres

intensos de novo
sons e canções
ecoando de novo
de novo de novo
degrau a degrau
mas esse de novo
não é bem assim
não é tão somente
um novamente
não é retomada
coisa qualquer
é mesmo o novo
um novo escondido
agora renovo
novo mais novo
degrau a degrau
degrau a degrau
degrau a degrau
degrau a degrau
degrau a degrau
degrau a degrau
na hora da morte
agora eu recordo
o corpo real
nasceu veio à tona
deixando o outro
a parte visível
à beira do tempo
num canto do espaço
o corpo imortal
que sobe ao descer
degrau a degrau
vivia albergado
dentro de mim
crescia em silêncio
como semente

                à espera do fim
                    que é o começo
                        e sempre descendo
                            degrau a degrau
                        subindo mais leve
                    meu corpo é novo
                a alma o envolve
         meu corpo luzindo
             degrau a degrau
                 meu corpo intangível
                     degrau a degrau
                         ligeiro e sutil
                             degrau a degrau
                                 meu peito minha voz
                             cabeça e pés
                         entranhas e pele
                     o sexo e a face
                     os ossos e os músculos
                 os nervos e hormônios
         neurônios e lágrimas
             tudo é igual
                 e tão diferente
                     matéria ardente
                         degrau a degrau
                             degrau a degrau
                                 no corpo atual
                             o antes havido
                         está transformado
                     e este que desce
                 que desce que sobe
             que sobe que desce
                 é o protagonista
                     da biografia
                         que agora é minha
                             e eu sou recriado
                         por quê? para quê?

        degrau a degrau
      degrau a degrau
    degrau a degrau
recriado por quem?
    degrau a degrau
      idêntico em tudo
        meu corpo na escada
          é mais o que é
            perdeu o seu peso
              ganhou em destreza
          não usa mais roupa
        se veste de sol
      não dorme não sonha
    mas vê tudo aberto
    degrau a degrau
e de grau em grau
  e de grão em grão
      mutatis mutandis
        a exemplo do feto
          que se torna adulto
            o corpo de terra
              agora é mais corpo
            do que o próprio corpo
          que um dia existiu
      degrau a degrau
      degrau a degrau
    degrau a degrau
o corpo que sou
  prossegue a descida
    subida incessante
      e a dúvida volta
        e eu me indago
      degrau a degrau
    "onde estarei
no fim dessa escada
se é que existe

um fim a escalar?
degrau a degrau
depois de quem vi
meu pai revivido
o amigo arisco
a única amada
e o polvo gigante
que outros encontros
ainda haverá?"
bastou-me pensar
e na minha escada
com suave feição
voando sem asas
surgiu-me um anjo
aquele que vai
ao longo da vida
de cada indivíduo
mostrando caminhos
e alternativas
surpreso fiquei
por nada sentir
nenhuma estranheza
como se houvesse
entre ele e mim
eterna amizade
jamais o vi antes
mas mesmo assim
seu rosto dourado
os olhos de fogo
a alta estatura
me pareciam
familiares
e sem eu ter dito
outra palavra
o anjo falou
"então meu amigo

    mal começou
a sua viagem
  por esta escada
    que é para baixo
      que é para cima
        e já se aproxima
      outra etapa
    degrau a degrau
  degrau a degrau"
   a notícia do anjo
     deixou-me ansioso
       aquilo que antes
         queria saber
           me trouxe receio
       alarme temor
     e o anjo cioso
    lendo minha mente
     falou em seguida
 "amigo não tema
pois estes degraus
 são uma passagem
   que o conduzirá
    a outros degraus
      mais adiante
       série infinita
     e desdobramentos
       campos diversos
     em forma de versos
    impressos num livro
   jornada em que surgem
  seres linguagens
outros portais
 mil universos
pois o eterno
 nada de tédio
   pode conter"

e ainda na escada
descendo subindo
subindo descendo
o anjo e eu
e ele contando
degrau a degrau
que o fim dos degraus
seria o início
de outros e outros
de outros e outros
e que eu estivesse
disposto a aprender
com tudo e com todos
e sempre lembrasse
de um belo adágio
que outrora um sábio
em seu testamento
legou aos leitores
"cada um se enfeita
com as joias que tem"
e outros saberes
o anjo ensinou
fazendo-me ver
que a escada onde estou
prepara trajetos
e estes levando
a novos degraus
a novos encontros
histórias sem fim
em que o roteirista
jamais se repete
e a cada episódio
outros espantos
e aprendizados
me aguardariam
degrau a degrau

                degrau a degrau
                 degrau a degrau
                  degrau a degrau
                   degrau a degrau
                  degrau a degrau
                   degrau a degrau
                  degrau a degrau
                  degrauadegrau
                  degraudegrau
                   egraudegra
                    graudegr
                     raudeg
                      aude
                       ud
                       d
                       *
                       *
                       *
                       *
                       *
                       *
                       *
                       .
                       o
                      anjo
                       se
                       foi
                   e vi de repente
                  que tudo o que existe
                   que eu inclusive
                  você e nós todos
                estamos na escada
                  desde o início
                   escada que em sua
                     arquitetura
                       opera e dirige

a metamorfose
do micro e do macro
e este e aquele
se transfiguram
naquilo que mais
quiseram ser
degrau a degrau
degrau a degrau a degrau
e a folha em folha renasce
formiga a formiga se une
o peixe mergulha peixe
a ave e cada animal
sob o dilúvio do tempo
na arca de Noé viajantes
e nos diários de Darwin
urina mucos e gosmas
sêmen suores e sangue
peçonha bosta e bálsamo
bolhas zumbidos e estrondos
gelo penhascos e estrelas
o caos o cosmos a queda
as pedras sentindo o peso
de milênios de silêncios
vida na terra teimosa
a cauda o olho e o dente
a asa o chifre e o pescoço
o bico o rabo e a concha
degrau a degrau a degrau
degrau a degrau a degrau
degrau a degrau a degrau
degrau a degrau a degrau
a Mãe a tudo atenta
violenta e cuidadosa
nos levando à plenitude
trabalha gera produz
às vezes louca de fúria

      às vezes tão paciente
    tecendo com finos fios
cortando sem complacência
   degrau a degrau a degrau
     ouro flores terremotos
       alturas e profundezas
        armadilhas naturais
          estratégias da caçada
       ritos do acasalamento
     esconderijos e tramas
    os raros os solitários
   os cardumes os enxames
  e a fome comendo tudo
  a morte à frente e atrás
   degrau a degrau a degrau
    degrau a degrau a degrau
     degrau a degrau a degrau
        e tudo se recriando
     degrau a degrau a degrau
    degrau a degrau a degrau
   degrau a degrau a degrau
  degrau a degrau a degrau
   degrau a degrau
   degrau a degrau
   degrau a degrau
     a degrau
     a degrau
     a degrau
     a degrau
     a degrau
     a degrau
     a degrau
     a degrau
     a degrau
     a degrau
     a degrau

a degrau
a degrau
a degrau
a degrau
a degrau
a degrau
a degrau
a degrau
a degrau
a degrau
a degrau
a degrau
a degrau
e
eu
aqui
na
noite
pura
na
noite
dura
na
noite
mais
es
cura
a
noite
é tudo
e tudo
é
noite
sem
boa
noite

sem
outro
dia
sem
outro
sinal
além
ou
a
quém
sem
nin
guém
sem
cor
sem
ar
sem
a
mão
que
leva
à
boca
sem
os
pés
sem
linha
sem
farol
sem
saber
como
vol
tar

como
se
guir
como
fa
zer
como
re
zar
sem
rota
sem
a
senha
sem
hora
sem
fé
sem
dor
nem
odor
sem
pala
dar
sem
quê
sem
por
quê
sem
sal
va
ção
sem
um

sem
dois
sem
três
sem
mil
sem
nada
sem
mim
até
que
uma
nova
escada
se abriu no breu
degrauadegrauadegrauadegrauadegrauadegraua
degrauadegrauadegrauadegrauadegrauadegraua
degrauadegrauadegrauadegrauadegrauadegraua
degrauadegrauadegrauadegrauadegrauadegraua
degrauadegrauadegrauadegrauadegrauadegraua
degrauadegrauadegrauadegrauadegrauadegraua
degrauadegrauadegrauadegrauadegrauadegraua
degrauadegrauadegrauadegrauadegrauadegraua
degrauadegrauadegrauadegrauadegrauadegraua
degrauadegrauadegrauadegrauadegrauadegraua
degrauadegrauadegrauadegrauadegrauadegraua
degrauadegrauadegrauadegrauadegrauadegraua
degrauadegrauadegrauadegrauadegrauadegraua
degrauadegrauadegrauadegrauadegrauadegraua
degrauadegrauadegrauadegrauadegrauadegraua
degrauadegrauadegrauadegrauadegrauadegraua
degrauadegrauadegrauadegrauadegrauadegraua
degrauadegrauadegrauadegrauadegrauadegraua
degrauadegrauadegrauadegrauadegrauadegraua
degrauadegrauadegrauadegrauadegrauadegraua

degrauadegrauadegrauadegrauadegrauadegraua
degrauadegrauadegrauadegrauadegrauadegraua
degrauadegrauadegrauadegrauadegrauadegraua
degrauadegrauadegrauadegrauadegrauadegraua
degrauadegrauadegrauadegrauadegrauadegraua
degrauadegrauadegrauadegrauadegrauadegraua
degrauadegrauadegrauadegrauadegrauadegraua
degrauadegrauadegrauadegrauadegrauadegraua
degrauadegrauadegrauadegrauadegrauadegraua
degrauadegrauadegrauadegrauadegrauadegraua
degrauadegrauadegrauadegrauadegrauadegraua
degrauadegrauadegrauadegrauadegrauadegraua
degrauadegrauadegrauadegrauadegrauadegraua
degrauadegrauadegrauadegrauadegrauadegraua
degrauadegrauadegrauadegrauadegrauadegraua
degrauadegrauadegrauadegrauadegrauadegraua
degrauadegrauadegrauadegrauadegrauadegraua
degrauadegrauadegrauadegrauadegrauadegraua
degrauadegrauadegrauadegrauadegrauadegraua
degrauadegrauadegrauadegrauadegrauadegraua
degrauadegrauadegrauadegrauadegrauadegraua
degrauadegrauadegrauadegrauadegrauadegraua
degrauadegrauadegrauadegrauadegrauadegraua
degrauadegrauadegrauadegrauadegrauadegraua

|

gigantesca escadaria
superando adjetivos
desfazendo a escuridão
com seus degraus luminosos

|

e sobre ela como um rio
a completa multidão
os mais variados desenhos
gestos línguas confissões

|

nada com nada destoava
e brotando dos seus corpos
cada um inigualável
ondas perfumes e sons

|

cada corpo um instrumento
compondo em fúria e em paz
numa orquestra jubilosa
o desfile congruente

|

eu todo inteiro vibrava
na alegria inexplicável
e por todos os meus poros
vida êxtase paixão

|

juntos dançando subíamos
palmas saltos piruetas
os degraus lançavam cores
que olho nenhum figurou

|

e sob meus pés surgiu
uma presença real
escondida revelada
dentro de tudo o que há

|

DEGRAUS

A

DEGRUS

R

DEGUS

G

DEUS

a palavra onienvolvente
até agora indizível
surgindo logo sumiu
e eu de novo na escada
sozinho mais uma vez
sem tempo
sem previsão
sem o mapa
sem meus arquivos
sem biblioteca
sem conexão
sem espaço
sem tempo
sem previsão
sem tutoria
sem subsídio
sem tempo
sem previsão
sem pré-aviso
sem ilusão
sem prefácio
sem ligação
sem planos
sem pauta
sem sinal
sem voz
sem audição
sem cartas
de navegação
sem os saraus
de uma época
em que todos
éramos poetas
sem mais projetos
sem nossos passeios
quando todo mundo

em ruas e largos
brincava de achar
nas velhas calçadas
pedrinhas variadas
e as longas conversas
noites adentro
em que todo assunto
era bem-vindo
degrau a degrau
a escada é assim
um despojamento
e ao mesmo tempo
todas as perdas
e implosões
nos abrem janelas
inusitadas
por elas saímos
como libélulas
de voo errático
livres libérrimos
subimos bem mais
degrau a degrau
degrau a degrau
degrau a degrau
que venha a escada
que ela se estenda
que tome corpo
e nela eu encontre
minha existência
em quinta-essência
e mate-me a sede
de realidade
degrau a degrau
degrau a degrau
degrau a degrau
a escada não para

a escada avança
a escada não cansa
eu também não
degrau a degrau
degrau a degrau
degrau a degrau
degrau a degrau
a escada é tenaz
em sua tarefa
degrau a degrau
degrau a degrau
e eu vou sentindo
a cada degrau
que nada mais sou
daquele outro eu
que há pouco morreu
mas estranhamente
neste arremedo
que medo me dá
degrau a degrau
degrau a degrau
degrau a degrau
faço incursões
no inexplorado
sob as correntezas
inconscientes
e vejo fronteiras
não só pelo lado
que fecha e restringe
também pelo outro
que existe além
o lado de lá
charada ou enigma
cuja solução
consiste em não
ser decifrados

                    e concomitante
conferem visão
        preciosa e precisa
                como nos sonhos
                        que interpretamos
                                degrau a degrau
                                        degrau a degrau
                                                visões que ensinam
                                        durante a noite
                                degrau a degrau
                        e agora me lembro
                de um sonho que tive
        estava eu subindo
por uma escada
        por dentro da torre
                feita de ferro
                        com muitos andares
                                e eu lá por dentro
                                        subia e subia
                                                já estava no alto
                                        quase no topo
                                e então me dei conta
                        que algo terrível
        iria ocorrer
havia um homem
diante de mim
        era o zelador
                ou algo que o valha
                        da torre de ferro
                                e ele alertava
                                        do incêndio iminente
                                                que a torre iria
                                        queimar consumir
                                degrau a degrau
                        no sonho senti
                imenso terror

a torre e eu
em fogo arruinados
então acordei
degrau a degrau
degrau a degrau
degrau a degrau
e vou penetrando
degrau a degrau
na minha pequena
divina comédia
trazendo nos bolsos
que nem tenho mais
uns tantos pecados
e desassossegos
e com meus botões
que já não existem
converso em delírio
sobre as minhas teses
e altas certezas
das quais tantas vezes
eu me orgulhei
e agora em resumo
olhando melhor
da torre não há
o menor sinal
decerto a torre
se derreteu
e o que resta agora
são meras migalhas
lascas retalhos
bolinhas de gude
meio quebradas
minhas bugigangas
fotos sem foco
de uma cidade
que sumiu do mapa

o próprio mapa
 sumiu com a cidade
as quinquilharias
são minha riqueza
agendas antigas
canetas sem tinta
 pilhas usadas
  pedaços de unha
   farelos resquícios
    coisinhas miúdas
     um pouco de pó
      que ainda protejo
     das rodas do tempo
    mas creio que em breve
   nem isso haverá
  ganhando em troca
 com larga vantagem
espero e desejo
 algo que nunca
  derreta ou estrague
   termine ou se perca
    mais do que coisas
     algo que seja
    conforme me disse
   o anjo da escada
  "joias com as quais
 uma pessoa
se possa enfeitar"
 mas joias exatas
  simples e sóbrias
   e não artifícios
    meros ornatos
     adornos fajutos
    enfeites banais
   degrau a degrau
  degrau a degrau

degrau a degrau
degrau a degrau
degrau a degrau
justiça porém
se faça se cumpra
pensando naqueles
que nos acompanham
na linha do tempo
anjos terrenos
com pés de barro
seres errantes
em vários sentidos
mas cujas entranhas
são solidárias
e andam por perto
ainda que ao longe
em horas incertas
em noites fechadas
em becos sequestros
ciladas cadeias
em tantas encrencas
nas quais nos metemos
e tais conviventes
emprestam seus braços
machucam suas mãos
esfolam seus pés
abdicam do sono
escutam amparam
e nada esperam
nem ouro nem prata
são essas pessoas
um tipo de joia
que moeda alguma
pode comprar
joias de carne
capazes de tudo

sem ruído ou gritos
sem nenhum alarde
doam seu sangue
doam seus órgãos
doam seus bens
e se necessário
em último caso
dão sua vida
degrau a degrau
degrau a degrau
degrau a degrau
degrau a degrau
humanos assim
às vezes sequer
seus nomes sabemos
são samaritanos
heróis anônimos
que eu encontrei
nos piores caminhos
e em meu egoísmo
nem sempre voltei
para abraçar
e então eu confesso
agora à escada
ouvinte discreta
meu sentimento
embora atrasado
de gratidão
que ao pé da letra
significa
"a dádiva aceita"
"a graça admira"
degrau a degrau
degrau a degrau
degrau a degrau
em várias escadas

esses amigos
descem e sobem
ocultos ou não
você também
sabe que os tem
são eles na prática
irmãos verdadeiros
que ainda se empenham
no aquém ou no além
se fazem presentes
na vida dos outros
teimosos no amor
sem cortejar
qualquer recompensa
degrau a degrau
degrau a degrau
degrau a degrau
degrau a degrau
degrau a degrau
degrau a degrau
degrau a degrau
degrau a degrau
a
degrau
a
degrau
a
degrau
a
degrau
a
degrau
a
degrau
a
degrau
a
degrau

e
enfim
diante de mim
do chão se erguendo
com degraus espaçosos
uma escada jamais antes vista
escada vazia sem nenhuma pessoa
em silêncio de pedra fazendo o chamado
silêncio que nada ninguém consegue quebrar
que nem demorado aspirasse depressa tampouco
degrau a degrau a degrau a degrau a degrau a degrau
que subisse com reverência pois a solidão pesa e cansa
que eu diligente escalasse e no topo uma presença haveria
degrau a degrau a degrau a degrau a degrau a degrau a degrau
foi exatamente o que fiz e no topo encontrei o homem todo ferido

|

os braços as costas os ombros
as pernas as mãos os joelhos
o peito a cabeça o rosto
triturados pela tortura

|

os seus ossos todos à mostra
o tremor por dentro e por fora
confirmam a eficácia cruel
da brutalidade humana

|

respiração interrompida
hematomas febre tontura
mas no homem resiste ainda
seu olhar sem medo de ver

|

ele me enxerga integralmente
minha figura e meu avesso
pensamentos que me visitam
sem que eu saiba à risca pensá-los

|

nos seus olhos eu me interpreto
neles nasce aquela pergunta
a única e urgente pergunta
que formular quero e evito

|

reunindo forças que não tenho
me aproximo do homem ferido
condenado à morte infame
esmagado pelos impérios

|

meus olhos nos seus olhos fixos
como se eu tivesse nascido
para diante dele tão próximo
ceder minha voz à pergunta

|

se balbuciei essa frase
era dele a real autoria
e se em mim ele se ouvia
na minha voz eu o escutava

|

ambos fizemos a pergunta
revestida de vinte séculos
dirigida aos dois igualmente
"e quem sou eu para você?"

antes contudo que qualquer resposta nele ou em mim se esboçasse
degrau a degrau a degrau a degrau a degrau a degrau a degrau
a escada pela qual eu subira me fez retroceder de repente
e fui arrastado perdi o equilíbrio e em cambalhotas
degrau a degrau a degrau a degrau a degrau
embora sem gravidade embora sem peso
caí despenquei e de queda em queda
eu outra vez sem eira nem beira
de novo sem mapa sem ação
no primeiríssimo degrau
da escada sem fim
no início de tudo
mais uma vez
sem previsão
dentro de mim
desço redesço
degrau a degrau
degrau a degrau
degrau a degrau
degrau a degrau
degrau a degrau
degrau a degrau
degrau a degrau
degrau a degrau
degrau a degrau
degrau a degrau
degrau a degrau
degrau a degrau
degrau a degrau
degrau a degrau
verdade entretanto
preciso afirmar
assim como o rio
do velho Heráclito
não é mais o mesmo
se nele mergulho

na segunda vez
a escada inicial
já é outra escada
e outro sou eu
que a ela retorna
no eterno descer
no eterno subir
degrau a degrau
degrau a degrau
degrau a degrau
de qualquer modo
a imagem do homem
ensanguentado
não mais saía
da minha memória
eu sei você sabe
o nome a história
daquele que eu vi
e já não se trata
de nomenclaturas
de tolas disputas
entre as igrejas
e as religiões
já não se trata
no meio da escada
de quem é maior
ou mais poderoso
de quantos fiéis
lotam um estádio
de quantos castelos
(de areia são todos)
os donos de Deus
prometem erguer
tampouco se trata
de regras e normas
que limpem e salvem

o pobre hipócrita
que anda entre nós
que vive em nós
que somos nós
degrau a degrau
degrau a degrau
degrau a degrau
o que está em jogo
em última análise
é o dia do encontro
do encontro expandido
do encontro marcado
no topo da escada
com quem sintetiza
em seu próprio corpo
tudo e todos
degrau a degrau
degrau a degrau
degrau a degrau
o corpo que em si
reúne e compõe
beleza e pesar
ira e ternura
segredo e explosão
corpo mais corpo
do que qualquer outro
corpo amigo
corpo faminto
de encontro e de amor
corpo andarilho
cidade em cidade
de casa em casa
criando diálogo
sempre contando
boas notícias
corpo também

vigiado à calada
temido invejado
por homens sinistros
santos tartufos
fiscais das almas
gerentes da ética
sepulcros caiados
víboras cínicas
ladrões dos mais pobres
vis genocidas
que enfim decidiram
matar o inocente
calar sua boca
e o corpo entregaram
à sanha dos sádicos
o corpo em silêncio
deixou-se prender
corpo surrado
corpo açoitado
exposto ao escárnio
corpo pregado
no poste maldito
dependurado
à frente da turba
e todos gritando
de medo e de ódio
e o corpo falando
mesmo sem forças
"perdoo aqueles
que não me conhecem"
o corpo sofrendo
a hemorragia
a sufocação
durante três horas
as moscas em volta
pousando no rosto

prevendo sua morte
o corpo as cãibras
a falta de ar
o corpo a sede
a falta de ar
o corpo as feridas
a falta de ar
não há quem o olhe
e não sinta nada
ou pena ou desprezo
ou raiva ou pavor
ou nojo ou paixão
seu corpo coagido
destruído esmagado
foi este o preço
por tudo o que disse
por suas parábolas
por suas metáforas
seus ensinamentos
genuínos e inéditos
sem precedentes
em tom coloquial
fossem os temas
da terra ou do céu
e além das palavras
que livre dizia
o mais irritante
o mais revoltante
era a sua ação
era a esperança
que distribuía
na forma de pão
no odre de vinho
afora os milagres
que nada mais eram
do que a expressão

de um corpo que ama
que toca o enfermo
apoia o hesitante
lava os pés
dos viajantes
alcança o excluído
abre os olhos
dos que só enxergam
problemas e males
abre os ouvidos
dos que só escutam
notícias macabras
desprende a língua
dos que já não sabem
dizer o que pensam
liberta da angústia
os obcecados
bebe as lágrimas
daqueles que choram
celebra a alegria
com aqueles que lutam
recupera e cuida
do necessitado
compreende e perdoa
quem morre de culpa
devolve a coragem
a quem desespera
e foi este corpo
traído detido
e em dois ou três lances
de xadrez político
réu condenado
ao pior dos suplícios
morto sepultado
bode expiatório
aos deuses tiranos

sacrificado
cordeiro indefeso
imolado mudo
servido à mesa
dos imperadores
alívio geral
de toda a nação
e ponto final
assim se elimina
na letra da lei
em nome da ordem
com a bênção dos pulhas
qualquer iniciativa
que ponha em risco
o trono sublime
no interior dos palácios
e em templos de ouro
mas que sobretudo
dentro de nós
é o trono vaidoso
em que eu e você
podemos sentar
com vestes pomposas
coroa irreal
pensando que somos
os criadores
da própria existência
e naquela noite
de sexta-feira
a insônia geral
as portas trancadas
nada restou
da última ceia
tão aguardada
não se cumpriu
aquela promessa

bela demais
mera hipérbole
os seguidores
daquele mestre
pensavam fugir
do mesmo destino
e os seus inimigos
embora contentes
o sono perderam
lembrando o incidente
o golpe genial
a revolução
enfim abafada
sem misericórdia
caso encerrado
grande vitória
dos que idolatram
a força o poder
a guerra o dinheiro
a fama o domínio
e assim terminou
diziam as pessoas
no poço do luto
na vala comum
na fossa da história
um sonho excessivo
mais uma quimera
entre outras tantas
em que os miseráveis
creem esperam
e sempre de novo
(é sua sina)
do sonho acordam
e a nova quimera
cai e se quebra
no chão da prisão

e o dia de sábado
amargo descanso
a triste impotência
o nó na garganta
penosa evidência
da morte do justo
com quem se extinguiram
as suas parábolas
de louca esperança
e os lírios do campo
foram queimados
a ovelha perdida
caiu no abismo
ao filho que volta
não tem mais perdão
o amigo à noite
que pede ajuda
por mais que insista
será rechaçado
a moeda encontrada
perdeu-se outra vez
aquela semente
que germinaria
num reino de paz
foi sufocada
e dilacerada
à sombra do joio
e a noite esfriou
o pão acabou
o vinho azedou
e tudo mofou
e aquela utopia
do "amar uns aos outros"
tornou-se balela
a felicidade
do cego do pobre

do desamparado
era panaceia
de fórmula falsa
que o charlatão
vendia nas praças
defraudando os trouxas
de todos os tempos
degrau a degrau
degrau a degrau
degrau a degrau
degrau a degrau
degrau a degrau
degrau a degrau
degrau a degrau
degrau a degrau
bem cedo entretanto
no terceiro dia
após a tragédia
algumas mulheres
saíram de casa
levavam unguentos
para perfumar
o corpo do amado
que já estaria
naquela altura
a apodrecer
e de madrugada
elas andavam
pensavam na pedra
pesada imóvel
que os homens puseram
na boca do túmulo
"havia uma pedra"
elas repetiam
de si para si
a pedra pesava

em seu caminho
"havia uma pedra"
e elas pensavam
o modo a maneira
de removê-la
tarefa extrema
para seus braços
mas foram em frente
à espera que a pedra
rolasse sozinha
à força da fé
e antes que o sol
criasse o domingo
as três mulheres
chegaram ao local
e se assustaram
ao verem a pedra
já removida
e dentro do túmulo
somente o vazio
uns panos de linho
jogados no chão
e nada mais viram
o corpo do amado
ali não estava
alguém certamente
roubara o cadáver
e cheias de pânico
caíram em pranto
num duplo sofrer
mas eis que dois anjos
relâmpagos vivos
sentaram na pedra
e a elas disseram
"mulheres de fé
por que tanto choro

se o corpo que buscam
aqui não se encontra?
é corpo vivente
rompeu os limites
da mortalidade
não temam não percam
a confiança
o corpo sagrado
é um corpo irmão
um corpo que não
somente respira
mas muito além disso
realiza a missão
de dar aos humanos
igual condição
seu corpo seu sangue
serão o alimento
serão a bebida
de um novo banquete
avisem a todos
que o corpo divino
criou outra lógica
e a teogonia
antes vigente
foi suplantada
por outros princípios
um pacto novo
a nova aliança
um *faça-se* novo
está em andamento
a recriação
de todo elemento
os céus renovados
os novos espaços
fauna e flora
ressuscitadas

a terra perfeita
dada em herança
aos jovens deuses
deuses de carne
corpos ligados
ao corpo de Deus"
e quando os anjos
partiram dali
as três mulheres
queriam correr
e a todos contar
que a vida divina
voltara a viver
no entanto uma delas
de nome Maria
já não conseguia
dar mais um passo
e ainda em prantos
viu uma pessoa
um desconhecido
se aproximar
a quem dirigiu
esse pedido
"caro senhor
me faça um favor
me diga onde está
o corpo daquele
que aqui repousava
o corpo ferido
que os pés eu beijei
que as mãos segurei
irei pessoalmente
buscar este corpo
irei aonde for
não sei mais pensar
não posso seguir

sem esta resposta
minha vida inteira
disso depende"
e o homem falou
"não chore Maria"
e assim que ela ouviu
a voz lhe chamar
numa entonação
tão particular
logo entendeu
que ele era o Amado
de novo presente
e a história prossegue
já são dois milênios
história repleta
de dor e mistério
longe de mim
porém ser o autor
do quinto evangelho
apenas procuro
usar minhas joias
que é tudo o que tenho
e eu volto à escada
degrau a degrau
degrau a degrau
degrau a degrau
degrau a degrau
e eu volto a descer
e eu volto a subir
degrau a degrau
querendo entender
quem sou para ele
e quem será ele
o que este corpo
me diz afinal
degrau a degrau

degrau a degrau
degrau a degrau
degrau a degrau
degrau a degrau
degrau a degrau
degrau a degrau
então ocorreu
o que eu tanto ansiava
por dentro de mim
também escutei
a voz cristalina
que as aspas dispensa
pois sua origem
não é mais estranha
é ele quem fala
na minha linguagem
eu sou o seu corpo
venha não tema
coma sem pressa
e agora meu sangue
beba com gosto
farei do seu corpo
a minha morada
que eu e você
sempre sejamos
seres diversos
mas conjuntamente
um único corpo
e um só espírito
eu sei o seu nome
só eu o conheço
não tema não olhe
para o passado
que já foi arado
prossiga semeie
de novo a vida

se for ao deserto
enfrente o demônio
das depressões
no centro confuso
dos furacões
não perca o rumo
da consciência
multiplique o pão
para os famintos
ande nas águas
com seus próprios pés
escute o aflito
estenda a mão
a quem se afoga
vista o desnudo
desfaça os nós
das vidas sofridas
leia poesia
para o entediado
conte histórias
que alegrem as crianças
e façam os adultos
voltarem à infância
caminhe tranquilo
no meio das trevas
faça oração
com palavras simples
o Pai bem conhece
os seus problemas
deseje a paz
a quem o odeia
perdoe mil vezes
e mil vezes mil
anime o avarento
a ser generoso
e ao oprimido

ensine a lutar
expulse do templo
quem vende sua alma
trate os animais
fraternalmente
ao sol seu irmão
diga bom-dia
à lua sua irmã
diga boa-noite
carregue nos ombros
o peso devido
mas nunca desista
de dias melhores
trabalhe divirta-se
que o seu *sim* não negue
que o seu *não* proceda
não seja fanático
nem mesmo por mim
qualquer fanatismo
é grave doença
e que a religião
seja cachaça
de qualidade
que a gente toma
de vez em quando
com sabedoria
compreenda aprofunde
nas entrelinhas
o texto da vida
sou eu o escritor
descubra enfim
que em mim tudo e todos
por você esperam
amigos e amores
cidades e livros
sem mim nada disso

existe de fato
eu sou o fim
o meio o início
e para mim
nada é impossível
eu sou o caminho
os pontos cardeais
o poente a aurora
o vento que sopra
e que ninguém sabe
de onde ele vem
aonde ele vai
somente o Filho
conhece o Pai
e ele me deu
o mundo as pessoas
para eu transformá-los
à sua imagem
e semelhança
degrau a degrau
degrau a degrau
degrau a degrau
eu sou a Carne
que se fez Verbo
porque vice-versa
e sou o advérbio
de tempo e lugar
eu sou conjunção
que tudo coordena
degrau a degrau
eu sou os pronomes
retos oblíquos
e relativos
eu sou numeral
real infinito
e o substantivo

teologal
o objeto direto
a interrogação
que move as ciências
e a continuação
das reticências
degrau a degrau
degrau a degrau
degrau a degrau
eu sou o corpo
de todos os corpos
eu sou a palavra
que você escolhe
eu sou o poema
a porta a árvore
o peixe a barca
a chuva que cai
onde juntos vivem
os bons e os maus
eu sou o fogo
que limpa e aquece
eu sou quem recorda
e todos esquecem
eu sou a noite
que abraça a dor
eu sou a manhã
eu sou o calor
eu sou a ponte
o sal e a videira
tesouro escondido
a luz a montanha
a água a pedra
o alfa o ômega
eu sou o que sou
o tudo e o nada
eu sou você

eu sou a escada
degrau a degrau
degrau a degrau
degrau a degrau
degrau a degrau
degrau a degrau
degrau a degrau
degrau a degrau
degrau a degrau
degrau a degrau
degrau a degrau
degrau a degrau
degrau a degrau
degrau a degrau
degrau a degrau
degrau a degrau
degrau a degrau
degrau a degrau
degrau a degrau
degrau a degrau
degrau a degrau
degrau a degrau
degrau a degrau
degrau a degrau
degrau a degrau
degrau a degrau
degrau a degrau
degrau a degrau
degrau a degrau
degrau a degrau
degrau a degrau
degrau a degrau
degrau a degrau
degrau a degrau
degrau a degrau
degrau a degrau
degrau a degrau
degrau a degrau
degrau a degrau
degrau a degrau
degrauadegrau
degrauadegrau
degrauadegrau
degrauadegrau
egrauadegra
grauadegr
....
....
......
...
.